사랑이지만, 도망치고 싶었습니다

사랑이지만, 도망치고 싶었습니다

2019년 12월 24일 초판 1쇄 인쇄
2019년 12월 24일 초판 1쇄 발행

지은이 | 김지훈

인쇄 | 예인미술

펴낸이 | 이장우
펴낸곳 | 꿈공장 플러스
출판등록 | 제 406-2017-000160호
주소 | 경기도 파주시 탄현면 헤이리예술마을
전화 | 010-4679-2734
팩스 | 031-624-4527
이메일 | ceo@dreambooks.kr
홈페이지 | www.dreambooks.kr
인스타그램 | @dreambooks.ceo

© 김지훈, 2019

ISBN | 979-11-89129-49-1

정 가 | 13,000원

사랑이지만,
도망치고
싶었습니다

3부. 사랑이지만, 도망치고 싶었습니다

추운 겨울, 당신이 지어준 따뜻한 이름으로 태어나
당신 얼굴 마주하며 사랑을 배웠습니다.

그대 덕에 사랑을 온전히 받을 줄만 알았는데
시간이 지날수록,
사랑은 누군가의 마음에 차는 일이라는 걸 알았습니다.

그대에게도, 제가 만났던 연인에게도, 보이지 않은 인생에서도
사랑한다 말하며 행복해하고 웃으면서도

저라는 사람, 마음에 차지 않을 때
사랑하지 못할 것을, 사랑받지 못할 것을
살아가지 못할 것을 느꼈습니다

이 마음 간직하는 일은 부끄러워.
그대 만나면 멀리 도망쳤던 적도 있습니다.

그럼에도 여전히, 그대는 그립고
참 많이도 보고 싶은 이름입니다.

다시 아침입니다

아침에 눈을 뜨는 건 하루를 받아들이는 일이기도 합니다

하루를 보는 당신 얼굴 무척 궁금합니다

당신이 제 곁에 선 후로 제 삶이 시작되는 것보다

그대 삶이 잘 시작되는지 마주 보고 싶어

당신 향해 걷는 거로 하루를 시작합니다

당신 웃는 얼굴 보면 제 삶도 함께 웃을 수 있을 것만 같습니다

당신에게 걸어갈게요

비가 오고
당신 마음 소란스러워지면

그대 닮은 향기 나는 꽃과
당신 좋아하는 언어로 쓰인 꽃말 들고
그대에게 갈게요

바람 불어 마음의 공허한 자리 더욱 드러나면
그 자리 잡념으로 덧나지 않게
제가 당신 안아줄게요

당신 귀에 대고
그대 좋아하는 언어로 오늘 하루 따뜻하게 채워줄게요

비가 오고
당신 마음 소란스러워지면,

그대 제게 오라는 손짓인 줄 알고
당신에게 걸어갈게요.

행복

그대와 만난 며칠 동안
저는 웃었고
행복을 느끼는 순간엔
행복을 밀어내지 않으려
시를 쓰지 않았습니다

반 토막 난 달빛에
쉽게 슬퍼지는 제게
그대 행복 가득 채워져
밤하늘이 춥지 않았습니다

그대 제게 그런 사람이 되었습니다

그대 제 여백을
행복으로 물들인 사람이니

그대가 가끔 삶에 느끼는 공허함에도
따뜻함이 자리하길 바라겠습니다

다행인지, 오늘 하늘이 참 맑습니다.

모순

진심을 다하지 않은 말에
그대 말 진심이길 원했습니다

제가 보낸 말에
당신 마음 채워지지 않았는데

돌아오는 답장에
제 마음 채워지길 원하는 걸 보니

저는 참 이기적인 사람인 것 같습니다.

제가 사겠습니다

당신과 행복하려
많은 술을 잔에 담고
지나간 추억 하나 나올 때마다
술잔을 부딪쳤습니다

아침에 눈을 떠 거울 보니
부은 얼굴과 부푼 뱃살이
어제 느낀 행복을 책임지라는 듯
나를 바라봅니다

부푼 배 잡고 한숨은 나오지만
뱃살 볼 때마다 당신의 해맑은 웃음과
취해서 들려주었던 행복한 이야기 떠오르니
그것으로 그저 괜찮을 것 같습니다

당신 어제 행복한 걸로
오늘 불어 오른 무게는 제가 사겠습니다.

그게 참 미안합니다

그저 한번 안아주면 좋았을 것을
뾰족한 그대의 반응에
날 선 말을 했습니다

뾰족한 당신도
오늘 하루 마음이 삐뚠 당신 모습도

사랑한다는 건 변함없는데

그대 서운하게 하고
뒤늦게 안아주었습니다

그게 참 미안합니다.

그대라서 고마워요

그대 대화를 하기 전
늘 웃는 습관이 있었는데
제 눈앞에서 여전히 웃어요

그대 기분 안 좋으면
제 기분 먼저 살피곤 했는데
오늘도 그렇게 제 기분 살핀 후
속상한 그대 마음 털어놓아요

이렇게 한결같이 변하지 않는 그대 있어
손을 잡고 걸어가는 길이 덜 두려워요

당신 손잡고 걸어가면 무슨 일이 생겨도
그냥 웃을 것만 같아요

세상에 틈이 없어 온기를 느끼지 못할 때가 있는데
그대 손잡으면 마음에 온기가 생겨요

지금처럼요

제 옆에 있는 게 당신이라서 너무 고마워요.

행복이 온다

할 일은 많은데 할 일이 없는 듯
잘 생긴 옷을 입고 거리를 나선다

달콤한 커피를 가득 채워 품에 안고
나만 있는 것 같은 구석진 자리에서
영화를 본다

영화가 쓴데 커피가 달아 입에서 달고 쓴맛이 난다

아침부터 달고 쓴맛을 느끼다니 마음이 벅차다

거리를 다시 나와
야외 테라스에 앉아 낮부터 맥주를 마신다

나무가 길게 선 거리를 살피고
오고 가는 사람들을 구경한다

잠깐 느끼는 여유로
한동안 품었던 피곤함을 놓는다

맥주를 한 모금 마시고
할 일을 잊은 채 책을 읽는다

바람이 잔잔하게 부니 머리도 맑아
책 속의 문장들도 선명하게 읽힌다

행복이 온다.

웃음꽃이 피었다

아버지와 산을 타려고
산뜻하게 출발했다가
쏟아지는 폭우를 그대로 맞았고

보이는 중국집에 들어가
짜장면과 고량주를 마셨다

"후루룩" "후루룩"
"캬~"

일정이 꼬였는데
심보도 함께 꼬였는지
아버지와 술을 마시다
키득키득 웃었다

정상적이지 않은 상황 속에서도
웃음꽃이 피었다.

친구

당신에 대해 좋지 않았던 기억에
오랫동안 보지 않다가

이렇게 마주해 그저 바라보고 서서
'안녕'이란 말로 다 괜찮아질 줄 알았다면
좀 더 일찍 만날 걸 그랬습니다.

산을 타는 것

마음이 어지러워
속에 박힌 이야기들은
밖으로 꺼내지 않았습니다

말하는 대신 산을 오르며
쉬운 평지 걷고
때로 만나는 험한 길도
인생에 있는 일인 듯 그냥 걸었습니다

제가 앞서고
당신이 뒤에서 따라오며
발맞추는 소리만 들어도
그대와 저 함께하고 있다는 것을 알 수 있었습니다

정상에 올라
가을이 이불처럼 펼쳐져
마음이 따뜻해질 때
당신과 저 같은 마음을 품은 것만 같습니다

"아빠. 가을이야."

웃으며 당신에게 선물 같은 말을 건넸습니다

대답 대신 당신, 저를 보며 환하게 웃었습니다

올해 가장 아름다운 가을도
당신과 볼 수 있어 참 다행입니다.

믿는다는 말

제가 저를 믿지 못할 상황에도
당신 저를 믿는다 하시니
웃을 수 있었습니다

마음 하나 온전히 둘 곳 없고
이곳저곳 상처 난 구석진 자리에서도
당신 믿음 위해 웃었습니다

그렇게 웃다가
당신 믿음만큼 저를 믿게 되었습니다

제가 지금 꿈을 꾸고
걷다가 수없이 걸러진 자리에서도
힘을 내어 일어날 수 있는 건
온전히 당신 덕분입니다

이 말을 당신에게 꼭 전하고 싶었습니다.

여행

오늘 취하면
고스란히 내일을 책임져야 하는 삶을 살다

오늘 취하고
내일 취해도
책임지지 않아도 되는 일상을 산다

어떻게 살지 얘기하던 하루에서
얼마나 이쁜지 얘기하는 하루를 보낸다

단지 비행기를 타고
내가 살던 곳에서 다른 곳으로 넘어왔을 뿐이지만

여기선 문득,
행복해진다.

비가 오지 않았으면 하는 날

비가 오지 않았으면 하는 날 비가 온다
한주의 시작점에 어깨가 무거운데
하필 그곳에 빗방울이 떨어져
오늘따라 자신 없는 어깨가 더 좁아진다

지하철 안은 나처럼 비를 맞은 사람들로 가득하다

출근길 좁디좁은 공간에 두 발로 비좁게 서서
살길을 찾는다

그저 앞만 보고 있는 와중에
뜻밖에 차창으로 비를 맞는 강가가 눈앞에 펼쳐진다

넓은 강에 떨어지는 비는 갈 자리를 자유롭게 찾은 듯
소란하지 않고 평화롭다

이어폰을 귀에 꽂고 나도 모르는 음악을 듣는다

우연히 듣는 음악이 비처럼 평화롭다

지하철에서 내려 떨어지는 비에 손을 뻗는다
내가 설 자리를 찾는 것보다
누군가 떨어질 자리를 내주는 게 때론 더 살만하다.

영화가 된다

너와 걷던 거리에
오래된 인연처럼 노래가 흐르고

아름다운 멜로디
사람들의 말소리와 함께
공기로 가득 차면

너와 잡은 손
괜히 한 번 더 잡아보고
정해진 방향 없이 그저 걷는다

가장 아름다운 순간에
네가 있는 것만으로
우리가 걷는 길은
시가 되고 노래가 되고 한 편의 영화가 된다.

꽃이 피었다

비가 오고
바람이 불어
창문이 덜컹거리는 순간에도

너의 온기가 묻은 책을 받고
한 페이지씩 넘긴다

문득 네가 시선을 두었을 문장을 궁금해한다

너에게 좋은 기억으로 남아준 여행지를 물어보고,
너의 답변을 듣다가
그곳에 함께 손 붙잡고 걸어가면 어떨까 하는
너의 답변과는 다른 상상을 한다

그렇게 계속 웃는 나를, 잠시나마 시선을 둔 채
미소를 보내준 네가 있는 것만으로도

꽃은 어둠 속에서도
쉽게 피었다.

쉽게 늙지 마세요

그대와 산을 타다
이제는 당연하듯 먼저 앞서 걷다 기다린 자리에서

당신 올라오는 길
환한 햇빛 탓에 선명하게 보았습니다

보이지 않아야 할 그대 지친 숨 자국도
어쩐 일인지 보이는 것 같고
듬성듬성 없어져 더는 나지 않는
머리 가운데 빈자리도 한참을 보았습니다

제가 자라
당신 이해할 넉넉한 자리 이제 많은데
당신 볼 때 삶의 끝도 조금씩 빨라지는 것 같아
마음이 아려옵니다

여전히 그대 앞서 산을 내려오는데
제 마음 가릴 짙은 저녁이 옵니다
때론 밤이 깊어 마음을 숨길 수 있어 다행입니다

하늘 보니 술 한잔 적시기 좋은 노을도 있습니다

그대 젊은 추억 저곳에는 있을 것 같아 일부러 꺼내보고
쉴 새 없는 그대 추억에 한참을 웃어봅니다

추억 앞에 우린 꽤나 젊었습니다

그러니 아버지…
제 앞에서 쉽게 늙지 마세요.

청혼

제가 쓰는 시에는
오직 그대만을 위한 시만 있지 않을 테고
제가 하는 말에는
그대 외 아름다운 것들도 표현될 테고
그대와 싸워 생긴 상처들도
살아간다는 이유로 애써 봉합할 텐데

이런 저도 괜찮다면

제가 시를 쓸 때는
그대 먼저 떠올리고 시를 쓸 테고
제가 말을 할 때는
그대가 제일 아름답다는 것을 기억할 테고
그대와 싸우고 그대에게 상처 주면
하루를 살 때마다 그대에게 미안해하겠습니다

이런 저라도 괜찮다면
그대 마음 바라보고 읊조릴 테니

저와… 결혼해주시겠습니까.

시선

저녁 어스름이 질까 말까
장난스럽게 장난을 치고 있을 때

파도의 넝쿨 꺼림에 왔다 갔다
웃음을 만드는 조카가 있었고
그런 조카와 오랜만에 뛰는 듯한 아버지가 있었다

나는 멀찌감치 서서
조카와 아버지의 웃음을 눈에 담았다

그리고 그 모습이 찍혀진 한 장의 사진엔
그들을 바라보는 내 시선과
그런 나를 바라보는 어머니의 시선이 있었다

돌이켜보니 시선이 따스하게 머무는 곳에
나는 자랐고, 내 시선이 머무는 곳에 누군가도 자라고 있었다.

그런 사람이 되고 싶습니다

신호등 앞에서
당신의 발걸음이 급하게 나갈 때
당신 손목 붙잡고
그대의 안전거리를 재어주는 사람

오늘도 여전히 착한 그대인데
일부러 함께 웃어주는 당신 바라보다
그저 괜찮다고
당신을 안아주는 사람

근심 걱정
당신 앞길 막아설 때
괜한 농담으로
그대 앞길 웃겨주는 사람

그대 여전히 제게 있다면
저는 그대에게
그런 사람이 되고 싶습니다.

길

가고 싶지 않은 길에 서서
가야 할지 망설였으나
당신 있어 걸었습니다

걷다 보니
당신이 제 길이 되었습니다.

기억

당신이 기뻐 환호하고 웃을 때
그 모습 따라 함께 웃다
가만히 당신 웃음 담아본 적 여러 번입니다

당신 조금씩 늙어가는 것 일부러 외면하며 살았는데
당신 제 옆에서 유난히 행복해할 때
혹시나 이 모습이 가장 행복한 모습이면 어쩌나 싶어

저도 모르게 가슴에 담았습니다.

마음에 쓰이는 것들

문득 네가 울고
괜찮냐고 위로를 건네다가
괜찮아질 거라고 조언을 하고는
전혀 괜찮지가 않았다

나도 모르게
네가 어디서 받았을 상처의 크기를 재 보았다

시간에 묻어 지나치면 편한데
자주 지나치지 못하고
마음에 쓰이는 것들이 자라나기 시작했다.

편지

이렇게 잠시 스쳐, 그대들 나가는 길에
조금이나마 덧댄 좋은 말들은
시간에 흩뿌려져 희미해질 것을 압니다

그래도 그대들 뒤에 있겠습니다

그대들 삶에 지쳐, 뒤를 돌아 손을 내밀 때
기억이 허락하는 가까운 공간이 있다면
그곳이 어디라도 가까이 있겠습니다

그곳에 서서, 그대들에게 말하겠습니다

'지금 그 모습으로도 충분히 괜찮다고.'

당신들이 과거에
제게 용기 내어 꺼낸 아름다운 이상과 착한 마음들 덕분에
제가 걷는 길에도 몇 송이의 꽃이 피었습니다

그러니 그대들 쉽게 기죽지 마셔요
그대들 제 기억에 있어, 오늘도 여전히 좋은 사람들입니다.

흔적

너와 놀았던 흔적이
바닥에 뒹군다

먹다 남은 맥주와
곳곳에 흐트러진 쓰레기들은
못생긴 모양과 관계없이
너를 기억할 수 있어 여전히 이쁘다

치울까 하다
그저 바라본다.

나무가 되어줄게요

그대 원한다면 나무가 되어줄게요

그대 마음이 바빠
고요하지 않은 세상에서도
제게 귀 대면 평온한 숨소리로 그대 거친 숨결 닦아줄게요

세상 시선에 마음이 따가울 때 제게 오셔요

아주 잠시나마 제가 가진 팔로 그대만의 세상 열어줄게요
제게 앉으면 그대 눈망울만큼. 맑은 하늘 보여드릴 수 있어요

비바람에 마음이 추울 때 제게 오셔요
저도 많이 젖어 오들오들 떨리지만
그대 위해 이 자리에 있을게요

세상이 그대 흔들지라도
저는 그대 있어 흔들리지 않을게요

그대 어서 제게 오셔요.

어머니

오랫동안 견디다
힘들게 나온 그대 잔소리에
괜한 심술이 나, 잠시 동안 집을 나갔습니다

바람을 쐬며 그대 생각합니다
그대 이름 세상에 없으면 한없이 서글플 것 같은데
왜 이렇게 뻔뻔한지 모르겠습니다

그대 떠나면 그대 잔소리 몹시 그리울 것 같아
빠른 걸음으로 집을 향합니다

집에 들어가는데,
오랫동안 기다린 듯 그대 저를 반갑게 맞아줍니다

어머니…
오늘도 옆에 있어 주어 참 고맙습니다.

내일도 기차를 탈거에요

기차를 타고 창밖을 보는 일이 좋아요
가난했던 어린 날들엔 기차를 타는 건
아픈 장소를 벗어나는 일이었는데

어른이 되어 기차를 타는 건
가난했던 시절을 회상하는 일이에요

레고를 만지던 어린 꼬마가 삶에 대해 시를 쓰고
아침에 일어나면 어머니의 표정을 살피다 괜히 웃어보고
공깃돌이 없어 조약돌을 줍던 그 시절을
가만히 꺼내놓고 살펴요

마음에 가난이 있어
창밖의 나무들을 그저 바라봐요

내 것이 아닌 모든 것들에 그저 감사해요
오랫동안 내 것이 아닌 것들을 사랑해요

제가 숨 쉬는 동안, 제 옆에 숨 쉬는 것들을 보고
많이 행복하려 해요

제 안에 여짓 있는 가난한 꼬마는
이렇게 저를 살리곤 해요

내일도 기차를 탈 거에요
그리고 제 안의 꼬마와 웃으며 만날 거예요.

그게 사랑인지도 모른다는 생각을

설레고 가슴이 폭발할 것 같은 사랑을 꿈꾸다가
그저 지나갈 한때의 사랑임을 알았습니다

제 옆의 사람이 꿈을 꿀 수 있게
바라봐 주고 응원해주는 것

낭만적인 이상이
지친 현실 앞에 좌절되지 않도록
꿈처럼 옆에 있어 주는 것

자주 웃으며 그이의 꿈을 얘기해주는 것

그게, 사랑일지도 모른다는 생각을 해보았습니다.

그대의 꿈

그대 꾸는 꿈엔
별 밤이 가득하고

와인 한잔 풍미하며
기쁨에 취하며

버릇처럼 하는 걱정은
슬피 젖는 음악 소리에 녹아내셨으면 합니다

그대 꾸는 꿈엔
아픈 현실 사라져 아름다운 멜로디
가슴속에 남았으면 합니다

이게 그대 잠들면
제가 할 수 있는 유일한 기도입니다.

시를 쓰는 이는 가난하지만

풍성하게 핀 꽃보다
떨어지는 잎사귀에 마음이 가고
재잘거리며 걷는 이들보다
고독하게 벤치에 홀로 앉은 이에게
눈길이 가요

어릴 때 돈이 없어
어른이 되면 돈을 좋아할 줄 알았는데
누군가의 여백을 바라보는 일이 더 좋아요

그 여백을 관찰하는 일은
제법 시간이 소요되고 돈은 안되지만
저는 시를 쓰는 일이 좋아요

시를 쓰면 울던 이들의 마음이 고요해지고
가난한 이들의 마음에 잠시나마
빛을 줄 수 있어요

시를 쓰는 이는 가난하지만
제가 쓴 시로 울고 웃는 사람들을 보면
저는 늘 부자가 된 기분이에요

비록 현실은 가난하더라도
누군가의 마음에 마음을 보태는 일을 하고 싶어요

그래서 어머니…

오늘도 저는 시를 쓰는 일을 멈출 수가 없어요.

너 없이 봄

봄이 와
햇볕과 바람이 마음을 살랑거려
나서지 않던 시간에 거리를 나선다

이쁜 카페에서 커피를 마시고
먹지 않았던 케이크에도 눈길을 준다

카페 창가 너머
봄을 간지럽히는 사람들의 웃음과 표정을 관찰하다
꺼내지 않았던 내 마음을 쳐다본다

너 없이 봄을 맞는 게 아직은 먹먹하다.

그때

꽃 한 송이 쥐여줌에
샐 수 없는 향기를 맡았던 그때 기억합니다

그대 코에 닿아 이미 없어진 향기에도
그대는 향이 좋다며 몇 번씩 맡고는 했죠

봄이 와 벚꽃이 충만하게 핍니다

봄 내음 가득한 향기에도
섣불리 설레지 못하는 걸 보면

그때 많이 행복했나 봅니다.

2부
사랑한다는 말은 하지 않겠습니다

그대 위해 꽃을 사놓고 건네지 못했습니다
그대 꽃 받으면 꽃보다 이쁜 미소 띠고
저도 그 마음에 행복하게 기울 거라는 걸 이미 아는데
당신이 느끼는 오늘의 행복을
내일도 줄 수 있을지는 알 수가 없어서
손에 잡히는 꽃만 당신 보듯 하염없이 바라보았습니다

사랑한다는 말은 하지 않겠습니다

제가 쓴 글귀에 기꺼이 웃고 울어준 사람이 있었습니다

그대 있어
여백으로 남았던 제 품이
잠시나마 따뜻했습니다

그대 곁에 둘까
욕심을 내지 않았던 건 아닙니다

하지만, 그대 제 여백에 담기에는
많은 별을 보고 느껴야 하는 사람임을 알았습니다

그대가 향하는 여행의 끝엔
쏟아지는 별빛이 있어 오랫동안 빛났으면 합니다

사랑한다는 말은 하지 않겠습니다.

대답

방문을 열고
밥 먹었냐는 그대의 환한 질문에
먹었다고 짧게 응답했으나

무기력하게 닫히는 방문을 보다
생각을 해보니

그대 새벽부터 분주하게 나가
행복하게 다녀왔을 여행에 대해
어땠냐는 질문 한 번을 하지 않았습니다

그대 물어봐 주는 제 안부만 답하느라
그대 오늘 하루 행복했을지 묻지 않았습니다.

엄마라고 불러질 때

그대 아리따운 여성으로 살아가다
엄마로 살아져 엄마로 불릴 때
그대 잃은 아픔 감추고 버티려
그저 좋은 엄마로 살아가고 있다는 걸
시간이 희석되고 무뎌질 즘에야 알았습니다

그대 잃은 아픔은
그대가 붙잡다 놓쳤던 아픔일진대
그 슬픔의 뒤안길은
얼마나 멀리 자리하고 있을까요

제게 엄마라고 불리며
그대 이름 더는 불리지 않을 동안
그대가 불러주는 제 이름만 그대 옆에 남아
부끄러운 마음 허공 속에 서성입니다.

공감

삶이 문득 혼자인 것 같아
당신의 말에 공감했습니다

고개를 끄덕이는 그대의 모습에
잠시나마 같이 있는 듯 마음이 놓였습니다.

저를 보이고 싶지 않은 날

지친 날
집에 잘 도착했냐는 당신의 안부에
무심하게 답변을 보냈습니다

말 하나 이쁘게 놓고
마음 한 면 터놓고 보이는 일은

한 끗 차이로 참 쉬운 일일 것 같은데

제가 고독해지고 마음이 공허해져
당신에게 저를 보이고 싶지 않은 날

그대 저를 보려 하니
그게 참 싫었던 것 같습니다.

순수한 사랑

아침에 눈을 뜨면
당신에게 먼저 안부 전하고

기분 좋지 않은 하루에도
그대 만나면 바보처럼 웃고

이쁜 풍경은
눈에 담았다가 그대에게 말하고

그대 오늘따라 힘이 없으면
무슨 일 있는지 걱정하며 물어봤는데

하루는 공허한 대답이 돌아와
가슴이 차가워지고

사랑이 끝났음을 직면하면서도
당신 손 놓지 못했습니다

순수한 사랑은 왜 끝이 더 아픈지 물어보고 싶은데
차마 물어볼 수 없었습니다.

그대 아픈 것

그대 일상 늘 제게 있어
저 가는 길 행복한지
아프지는 않은지
걱정하는 마음 가득인데

제 일상 저에게 있어
그대 오늘 행복한지
저녁에 외롭지는 않은지
시선을 먼저 두지 않았습니다

그대 걱정 덕에
저 아픈 건 금세 나았는데

당신 자주 아픈 건 저는 모르고
가끔 아프다 말하는 그대 말에
병원은 가봤냐며 그저 떠밀었습니다

제 답에 그대 오늘도 저만치 홀로 걸었습니다
당신 눈물 서러워 가슴속에 묻어둔 것도 저는 보지 못했습니다.

나이를 먹는다는 것

나이를 먹는다는 것은
사람의 말과 행동 속에서
그가 받았을 상처를 짐작하는 일이다

그래서 사랑을 한다는 것은
그 사람의 상처까지 껴안는 일이기도 하다

나이가 들어 설레는 사람보다 편한 사람을 찾는다는 건
설렘 뒤의 찾아올 아픔을 미리 겪어서인지도 모른다

편한 사람과의 만남은 이별이 저 뒤에 있을 것만 같다

그러나 때론,
설레는 일보다 편해지는 일이 더 어렵기만 하다

조심스레 말을 걸어보고
웃음 뒤에 보이는 고독이 있는지 확인해보고
그녀에게 남아있는 빈자리가 있는지 조금씩 물어보는 일은
사랑이 아직도 어렵기만 한데
사랑을 어느 정도 안다는 착각 때문에 그런 것만 같다

아무것도 모를 때 너에게 다가가는 게 더 좋았다.

그냥 둔다

가로등 조명을 위안 삼아 한참을 걷다
추억 같은 낭만이 찾아오면

문득 친한 지인들의 안부가 궁금해진다
전화할까 한참을 망설이다 그냥 둔다

때로는 추억으로 머무를 때가
더 좋을 때가 있다.

오래된 물건

쌓인 물건들 속에서 낡은 것들을 정리하다
쉽게 정리되지 않은 것들이 있었다

이미 색이 바랜 바지에서는
너와 거닐던 바다 냄새가 났고
건전지의 수명이 끝나 멈춘 지 오랜 시계에서는
약속 시간보다 늘 일찍 오라며 귀엽게 웃던 네 미소가 보였다

많이 낡아 쓰레기통에 넣어야 하는데
너와 함께 한 추억의 값은 여전히 무겁기만 하다.

너가 고맙다

지나고 나서야 보이는 것들이 있다
너를 탓해야 내가 괜찮아질 것 같아
내가 했던 실수들을 너의 불신으로 오해했는데
이제 와 돌아와 생각해보니 내 실수가 맞았고
불현듯 부끄러움이 몰려올 때가 있다

다행인 건 네가 내 옆에 있다는 것이다

삶에 내딛는 걸음이 너로 인해 고맙다

그때는 어리석어 미안했다고
너를 두고 얘기할 수 있는 게 내겐 그저 행복이다

네가 옆에 없으면 얘기할 수 없는 과거를
여전히 네가 있어 얘기할 수 있다는 게
이토록 아름다울 수 있는지 그땐 몰랐다.

한장의 사진

봄과 여름과
가을과 겨울을 그대와 보내고
그대와 기념하기 위해 준비한 케이크를 켜고
삶에 오직 둘만을 두고 축하를 건넬 때
가장 사랑하는 순간은 사진에 담았습니다

오랫동안 없어지지 않을 사진을 그대와 보다
서로를 바라보고 사랑을 속삭일 때쯤

그대 너무 행복한 것처럼 웃다
너무 아픈 것처럼 울었습니다

그대 어쩌면
우리가 한 장의 사진으로 남을 거라는 걸

그때 알았는지도 모르겠습니다.

잊고 싶은 걸 글로 쓰는 일

너와 관련된 것들은
큰 상자에 넣어 차마 버리지 못하고
오래된 집에 보낸 지 여러 해인데

사랑이란 속성에 너는 불현듯 나타나
여러 단어와 문장으로 매듭을 지어
떨어질 생각을 안 하고

그런 너로 인해 순간 설레어 미소가 지어지면
찰나의 행복은 아주 잠깐,
문득 다시 잡을 수 없는 설렘이란 걸 알고
어제와는 다른 상처가 내게 온다

그래서 노을이 질 때
너는 자주 걸리고
상처인지 알면서도
그게 그렇게 설렌다

설렘 뒤에 너의 그림자는 더 이상 없다

시인이란 오늘을 생각하며 어제를 떠올리고
나를 떠올리면 너를 떠올리는
공허한 직업이란 걸 이렇게 받아들인다

오늘 기쁠 때 또 어제로 돌아가 슬픈 건
그 이유인지도 모른다.

사랑하는 사람을 보내기 싫어

사랑이 언젠가 소멸할 것을 알고
처음 만나 '사랑해'라고 얘기했던 달콤한 언어가
처음과 같을 수 없음을 이해하고
네가 언제까지나 내 것이 될 수 없음을 안 뒤로
사랑에 발을 맞춰 천천히 다가서는 것이 쉽지 않았다

지금 내 것이 아니면
영영 내 것이 되지 않을까 봐
너를 기다리지 않고
급하게 다가서는 일이 잦아졌다

사랑하는 이를 보낸 후
사랑하는 사람을 보내기 싫어
더 많은 이들을 보채고
더 많은 이들을 보내게 되었다.

예감

어쩐지 슬퍼질 거라는 예감은 걷어찰수록
마음에 자주 들어왔다

그래도, 내가 행복하고 싶어
너에게 보고 싶다는 얘기를 건넸다

간절한 내 얘기가
너에게는 무뎠는지
아픈 답변이 돌아왔고

이미 어둑한 밤을
홀로 마중하기 싫어

고독한 방,
환하게 불은 켜놓고

날 보지 않는 너를
홀로 보내는 연습을 했다.

그저 추억

시간이 지나
우리는 만났고
짧은 대화만으로
함께 할 이야기가 끝난 걸 알았다

버려진 추억을 끄집어
애써 이야기를 이어갔다

밤을 보내고
아침을 맞고 헤어지는 길에
'안녕'이란 말은 일부러 하지 않았다.

도망

더 오래 보았어야 하는데
그러지 못했습니다

오랫동안 보지 않아도
떠올릴 때 이쁜 이름인 걸 보면

그때, 도망치지 말걸 그랬습니다.

상처(1)

당신에게 상처를 받았는데
상처를 받았다고 말하면
그대 제게 미안해할까 봐
아무렇지 않은 척 괜찮다 하였습니다

그런 저의 모습에
생기지 말아야 할 침묵이 겹겹이 쌓이고
차가워진 공기에 당신까지
상처를 입었습니다

괜찮지 않고 마음이 아프다 말하면
당신 상처 덜어질지 모르겠습니다.

상처(2)

그대 저를 스쳐 갈 사람이라는 걸 압니다

그대 마음에 품으면 제가 다친다는 것도
잘 알겠습니다

그럼에도 제 걸음 또 한 번 그댈 향합니다

제 마음을 아는 건지 그대 항상 꽃처럼 웃습니다

저만 향한 웃음이 아닌데도, 저를 향한 웃음인 듯
행복한 꿈을 가져봅니다

그대 저를 스쳐 갈 사람이란 걸 압니다

그대가 저를 스쳐 가고, 저는 그대를 스치지 못할 걸 압니다

상처가 오랫동안 그대 상징으로 남을 것 같습니다

그래도 그대 기억나게 하는 상처라면
한평생 간직해볼까 합니다.

너가 간 후

네가 있어 좋았던 거로 채워진 하루에
네가 간 후 좋지 않았던 거로 하루를 채운다

네가 없는데
좋은 게 있는 게 오히려 버겁다.

욕심

그대 제게 들어와
이미 행복인데

떠나가면 어쩌나 하는
불안한 마음도
함께 생겼습니다

세상 살아보니
내 것 하나 없는데

그대 제 것이면,
욕심일지도 모르겠습니다.

끝

제가 끝이라 말했는데
그대 제게 진실되었음을
만날 수 없는 지금도
오늘 본 듯 생각합니다

그대 앞에 사라지면 끝인 줄 알았는데
여전히 그대가 준 사랑에 서 있는 것 보면

끝이 아닌 사랑도 있나 봅니다.

어떤 사람이 되고 싶었습니다

그대에게 늘 어떤 사람이 되고
싶었습니다

가족이라는 이유로 아픈 사연을 안고
힘들 때 힘들지 않아야겠다는 생각을 하고
무조건 참아야만 했는데,
어릴 때 참을성이 많다는 어른들의 얘기를 들으며

그대 앞에서 늘 어떤 사람이 되고 싶었습니다

무엇을 하지 않으면
그대 앞에 설 수 없을 것만 같아
뭐라도 돼보려는 생각을 많이 했습니다

그렇게 아픔을 일찍 알아
삶을 잘 버틴다 생각한 적도 여러 번입니다

그런데 아픔을 겪으면서도 쉽게 무너지지 못하고
아플 때 눈물보다 웃음을 먼저 보이는 저를 보며
때론 그 모습이 너무 아파
무너지고 싶다는 상상도 자주 했습니다.

혼자 되어

그대에게 못다 한 말은
입안에 맴도는 말이 되어
저만 들을 수 있는 혼잣말이 되고

어느덧 혼자가 되어
제게 위로를 구하는 것에 익숙해져
이것을 행복이라 말하려 할 때

그대 없는 행복은 정의될 수 없다는 걸
돌이킬 수 없는 혼자가 되었을 때
깨닫게 되었습니다

혼자되어
그대 가만히 불러봅니다.

눈물(1)

내가 맞다는 지극히 당연한 생각은
너의 눈물 앞에 무너졌다

널 아프게 했다는 마음이
날 아프게 했다.

눈물(2)

못 버틸 삶인데
당신이 잘 해주어
참았던 눈물이 나왔습니다

당신의 위로
가끔 뿐일 텐데
자주이길 바라는 제 마음이 아파
더욱 흐느껴 울었습니다

당신의 내어준 손도 오늘뿐일 텐데
서운하게도, 한 번을 치우지 못했습니다.

눈물(3)

엄마가 잘 해주는데
성적이 나오지 않아 너무 미안하다며
흐느껴 우는 너의 말이 날 아프게 했다

너의 울음은, 잘하지 못하면
사랑받지 못할 것에 대한 두려움일지
원하지 않는 길에 서 있어야 하는 서러움일지

너무나도 순수한 울음은
위로의 말을 찾지 못하게 했다

그저 버티면 길이 있더라는 나의 한마디도
전혀 도움이 되지 못한 걸 알고 있었다

나도 그저, 많이 아픈 너에게
잘할 수 있다고 등을 떠미는
못난 어른일 뿐이었다.

그곳이 현재

술김에 나누었던 저의 진심도
당신이 술에 취해 기억나지 않는다면, 그뿐
제 마음을 흔들었던 어제의 진솔한 얘기들은
아침이 되어 그저 지나간 얘기가 되었습니다

당신에게는 지나간 시간이라 과거인데,
제게는 여전히 그곳이 현재입니다.

그대 이제 제게 오지 않을 걸 아는데

그대 이제 제게 오지 않을 걸 아는데
저녁이면 버릇처럼 핸드폰을 곁에 두고
아침이면 습관인 듯 그대이지 않을까
핸드폰을 쳐다봐요

그대 제게 오지 않을 걸 너무 잘 아는데
제가 살고 싶어
그대라는 희망, 마음대로 하루하루 걸었습니다

이기적이라 미안하지만
그대 허락은 구하지 않겠습니다.

제가 기억해줄게요

저녁의 어스름에 뭉쳤던 마음을 놓아요
조용하고 고용한 빛도 빛인 듯
가로등 불빛 언저리에 앉아
미웠던 시간을 토해내요

귀뚜라미 소리 귀에 익고
하루 사는 반딧불 반짝임에
여린 눈물이 들면
별 하나 없는 밤에 별을 새겨요

초저녁이 지난밤
그대 올 시간은 이미 저물고
늦게서야 그대 발길 들린, 그날 저녁

그대가 걸어온 하루도 저와 같았을 테죠

어두운 밤, 깊은 슬픔이 만나는 능선 위로
그대가 새긴 작은 별은 제가 기억해줄게요.

그대 그리는 일

그대 시선 따라가고 싶은데
그대 마음 맞추는 게 쉽지 않습니다

이미 지나간 세월만큼이나
그대 많이 안다 생각했는데

그대 시선 오롯이 제게 있어
아직도 그대를 알지 못합니다

제가 못나, 그대 시선
아직 저를 향해있는 거겠죠

그대 그리려다
저를 그리는 일은 더욱 빈번해집니다.

꽃

그대 주름 보일 때마다
제가 건넨 고통인 것 같아
마음이 아립니다

그대 제게 있어 늘 피는 꽃이니
하루하루 지지 마셔요.

그대 제게 오지 않으셨다면

제 마음 들키지 않게
그대 바라보고
잠시나마 그대 말소리에
마음이나마 부딪혀봅니다

그대 제게 가까이 있는데
그대 제 것이 아님을 받아들이는 게
아직도 힘이 듭니다

그대 제게 오지 않으셨다면
참으로 좋을 뻔했습니다.

마음

웃음으로 고된 하루를 덮으니
하루의 끝엔 마음도 같이 저뭅니다

하루를 바라보는 일보다
하루를 외면하는 일이 때로는 쉽습니다

그래도 제겐 그대 있어
돌아선 마음이 채워지곤 하는데

그댄 제가 있어
지친 마음 채워지실까요.

맑은 날

티 없이 맑은 그대에게
저의 때가 묻을까 염려되어
그대 손을 먼저 놓았습니다

오늘처럼 맑은 날엔
그대 생각나 하늘을 올려봅니다

이제는 떠올릴수록 기약이 없어
소리 내어 부를 수 없는 그대 이름입니다

찬바람에 그대 이름 날리려다
끝내 멈추고 맙니다

어제처럼 그 이름 간직하는 일은
내일이 되어도 마찬가지입니다.

사랑

내가 누리고 싶은 세상을
누군가에게 얹어주는 것

그게 사랑일 수 있다는 것을
그대 보며 짐작해 봅니다

그대의 지친 삶을 보면서도
제가 행복하고 싶어
한 번도 그대 행복하냐는 말을
건네보지 못했습니다

그럼에도
못난 제게 여전히 사랑을 주신다면
사랑은 너무 잔인한 일인지도
모르겠습니다.

이유 없는 하루

이유 없이 우울해질 때가 있습니다
아침이 평소와 달리 울적한 것도 아니고,
밥을 먹다 혀를 깨물은 것도 아닌데
오늘은 아무 말도 하고 싶지 않은 하루입니다

오늘은 햇볕이 잘 드는 벤치에 몸을 놓고 싶고
해변에 발자국을 찍고 지우기를 반복하는
이유 없는 하루이고 싶습니다

가끔은 그저 사람들과 몇 발자국 떨어져
몇 발자국 떨어진 내 모습을 보고 싶고
사람이 말로서 건네는 위로가 아닌 햇볕과 바람, 나무,
나무에 앉아있는 새들에게 손을 내밀고 싶습니다

가끔은 이렇게 홀로 울적하고
가끔은 아무 말 없이 하루를 보내고 싶은 것도
나의 온전한 모습이라서,
나의 하루에 이유를 구하지 않았으면 좋겠습니다

때로는 이유 없는 하루도,
내가 스쳐야 하는 하루이기 때문입니다.

여전히 아름다운 이름입니다

오래된 사진과 편지는
내려가는 시골 편에 부칩니다

설렘에 살아 숨 쉬는 그대 숨결과
조금씩 다가가려는 제 마음이 여짓 남아
때 묻은 편지를 열어보는 일은 가슴이 아립니다

내려가는 기차에서
고요히 살랑이는 갈대들을 바라봅니다

참 깨끗한 풍경입니다

그대 시선 거치는 듯해
창가에 입김을 불고
조심스레 그대 이름 적어봅니다

여전히 아름다운 이름입니다

그대 있어 제 삶도 아름다웠습니다

인생의 길에 엉성하게 놓인 순간에서도
그대 미소 보면 그저 웃을 수 있었습니다

제 삶이 아름답지 않아 아름답게 보이지 않던 풍경도
아무 일 없다는 듯 일부러 웃어 준 그 미소 덕에
아름다울 수 있었습니다

때로는 삶에 방향을 잃어버려도
그대와 기차를 타면, 어디로 갈지 모르는 순간에서도
그대 숨결 느끼며 제 마음 놓을 수 있었습니다

그 마음들 이제는 편지와 함께
더 이상 그대 연이 닿지 않는 곳으로 보내려 합니다

그댄 항상 좋은 꿈 꾸세요.

3부

사랑이지만, 도망치고 싶었습니다

그대에게 해주고 싶은 것 많고
주고 싶은 것도 넘치는데
세상천지에 그대의 것이라고 내 손으로 하나 떼어주지 못할 때
참 많이도 도망치고 싶었습니다
사랑이라는 말은 여전히 달콤하고 아름다운 말인데
그대에게 사랑한다 말해도 되는지 모르겠습니다

사랑이지만, 도망치고 싶었습니다

그런 생각을 한 적이 있습니다
저를 사랑하는 사람들로부터 도망치고 싶다는 생각을…

더 이상 볼 수 없다는 생각에 마음은 아프겠으나
실망을 안겨주는 것보다는
그게 더 좋을 것 같다는 생각을 했습니다

사랑에 묻은 기대감을 채우지 못할 거란 생각에
사랑임을 알면서도 홀로 떠나간 적이
여러 번 있습니다.

심묵

그대 제 이름 지어주어
이렇게 살아있는데

'나는 뭘까'
헤아리는 날은 일상이 되었습니다

어딜 가냐는 그대의 말에
'갈 곳이 없어요'라는 말은 침묵이 되어
고요한 세상에 잠이 듭니다.

핑계를 대고 싶어요

어머니, 훌쩍 자란 어른인데도
무엇 하나 제 뜻대로 되는 게 없을 때
마음이 아려요

희망으로 시작한 하루인데
잘못 굴러가는 하루를 보고 있으면
삶에 핑계를 대고 싶어요

오늘도 그랬어요
그냥 툭 하고 놓아버리는 날이었어요

어머니가 주신 삶인데
때론 삶이 막막해 술을 마셔요

잠깐의 달콤함에 취하다
시계의 초침소리가 귓가에 머물고
저녁의 어스름이 눈가에 맴돌 때
어머니를 생각해요

어머니. 어머니께 참 많이 미안해요
어머니가 사랑으로 주신 삶에 핑계를 대서요

어머니…
내일은 좀 더 잘살아볼게요.

그저 흘러 지나가면

그저 흘러 지나가면 다 되는 줄 알았다
시간이 지나면 과거 속에 묻힌 상처와
나에 대한 미안함은 저절로 치유되는 줄 알았다

그런데 그게 아니었다

사람은 그저 흘러가는 대로 사는 줄 알았는데
사실은 흘러가는 대로 온 게 아니라
시간이 지나 나이를 먹었다는 이유로
과거로부터 떠밀려 온 것이었다

돌아볼 마음이 없는 게 아니라
돌아보지 못하는 것이었고
멈추지 않은 게 아니라
사랑할 대상들이 많아져서
홀로 멈추지 못한 것이었다

그렇게 과거로부터 멀어져
나이를 먹었다는 것을 인지할 때
사람은 사랑의 대상이 많아졌다는 것과 관계없이
늘 혼자 외로워한다는 것을 알았다.

기상

커튼을 어둡게 치고 잠이 들어
아침인 건 알았는데
일어나지 않았습니다

잘 해보려는 마음이
오해가 된 후로는
하루를 잘 일으켜보는 게
쉽지가 않습니다.

사랑한다는 말이 늦는 까닭

너를 보며 설레면서도
훗날 네가 상처가 될까
나도 너에게 아픔이 될까
마음을 쓰는 일이 더뎠다

어색하게 뱉는 표현이
너에게 진심으로 들릴 리 없었다

사랑한다는 말이 늦는 까닭을
너에게 말할 수 없었다

내뱉지 못한 사랑은 내게 남고,
너는 갔다.

이제야 내 삶

그냥 그냥 살다
어쩌다 여기까지 오게 됐다는 얘기하기 싫어
일상을 놓고 터벅터벅 걸었습니다

파란 하늘
어두운 밤을 수놓는 노을
아침을 깨우는 참새 소리

모든 것에 눈을 두고 귀를 기울이니
이제야 내 삶 같습니다.

가을

가을은 제 마음자리 없는 것
미리 확인하지 않고
성큼성큼 다가와
여기저기 이쁘게 피었습니다

노을이 핀 자리에
나무는 손을 뻗어 흘러가는 시간을
더욱 만끽하는데

저는 아직 속이 좁아
마음속에 여백을 두지 못하고
떨어지는 낙엽 잎 하나 받을 자리도
만들지 못했습니다

제가 모자라 성숙하지 못해 아직 이쁠 길 더욱 먼데
시선을 돌려 사방으로 갖춰진 모든 것들은 이렇게 이쁘니
오늘도 더욱 외로워집니다.

반짝이지 못했습니다

별 하나 뜨지 않는 밤에
제가 보는 곳에 별이 있지 않을까 하여
몇 번을 보았습니다

무의미한 일인 줄 아나
오늘 하루 의미가 없어
의미 있는 것을 잡고 싶었습니다

가로등 아래 걷는 일은 일상이 되었는데
인생이란 길 위에 서서
오늘도 한 번을 반짝이지 못했습니다.

오지 말아야 할 슬픔

누군가의 뜻하지 않은 슬픔에
위로할 수 없는 슬픔이 다가와
차마 말할 수 없는 먹먹함을 주었습니다

그대 제 마음 아는지
농담처럼 안부를 건넸으나
당신 눈가에 유난히 띄었던 눈물 자국
선명하게 보였습니다

그저 버티면, 삶의 끝엔 행복만 기약할 줄 알았는데
왜 예기치 않은 일은
웃고 싶던 삶에 덜컥 다가와
아픔이 되고 긴 밤을 지새우는 한숨이 되는지

저는 알지 못하겠습니다.

오늘도 시를 씁니다

어머니 남은 삶은 낭만이 가득해
웃는 모습 하루를 채웠으면 좋겠고
술에 취해 아버지 사랑한다며 안아줄 때
아버지 곁에 있어 참 많이 행복했고

소중한 친구의 아픔을 쉽게 극복하라고
농담 치며 웃어넘겼는데
사실은 내 일처럼 아팠다는 마음을
한참을 가슴속에 두었다가 시로 씁니다

혹시나 제가 죽어서도
누군가를 사랑하는 제 마음은
시로 남았으면 좋겠습니다

그대들 곁에 없어
외로운 제 마음이 잠시나마 시로 읽힌다면
몸이 없어도 그대들 마음 곁에 살 수 있을 것만 같습니다.

고독

오늘 하루 어땠냐는 물음이
제게도 오면 좋았을 것을

날씨가 추운데 감기에 걸리지 않았는지
걱정하는 시선 또한 당연하듯 오면 좋았을 것을

밥은 먹었는지
잠은 잘 잤는지
지나가는 목소리로 그저 흘려주기만 하면
하루의 그림이 다를 것 같은데

제가 듣고 싶은 소리
하나 없는 오늘 하루 너무나 휑하고

컴컴한 밤 너무 컴컴해
가슴이 답답하면

하얀 입김 불어
조용히 여백을 만들고
그대 들어올 틈 만들어 봅니다

가만히 기다리다
적막이 잠시나마 따뜻했던 제 입술 감싸면
커져가는 고독에 좋은 척 웃어봅니다

사실 오늘 하루 무엇이 좋은지는
말한 이 없고 듣는 이도 없습니다.

투정

계절은 한 해를 돌아 새해라는데
마음은 작년 어느 가을 나무에 매달려있다

이쁘게 익으려다 바람에 난 상처가 서글퍼서일까
바스락거리는 낙엽 잎을 걸으면서도
태연한 척 모르고 살아서일까

눈물지어야 할 메아리에 웃음 지어 보냈더니
이제 와 제대로 보내라고 투정을 부리는 탓일까

지속된 한파에 얼어붙은 눈가에도
쉽사리 눈물이 고인다.

밤

가끔 새어 나오는 한숨들이
오늘의 무게를 가늠케 하였다

표정들을 보니
말을 해서 덜어질 무게는 아닌 듯하여
묵묵히 정면만 응시한 채
술만 마셨다

추임새 없이 가만히 목을 축이는 사람들을 보며
내일의 무게를 미리 느끼고 있음을
알 수 있었다

난 아무것도 할 수 없었다.

내 자리

고요하고 싶어 잠시 앉은 자리에
듣고 싶지 않은 이야기들이 들린다

하루의 끝자락에 마음을 툭 던져놓고
그대에게만 들리게 말을 하고 싶은데

여기저기 시끄러운 소리는 틈을 주지 않는다

그런 날이 있다

누군가의 목소리가 그리워
오랜만에 한 전화에 내 기대와 다른 사람의 모습으로
나의 전화를 받고

그대와 진지한 얘기를 하고 싶은데
이렇게 적막이 깨지고

오늘 느끼는 내 모습을
온전한 나로 보일 수 없게 하는 날

하릴없이 눈앞에 놓인 술을 마시는데
맛없이 배부르기만 하다

내 기대와 다른 이야기가 귀에 들리고
내 이상과 다르게 하루가 그려진 날

자리를 뜨고 싶은 순간에도
갈 곳이 없을 것 같아 쉽게 자리를 뜨지 못한다.

빨간불

차 하나 다니지 않는 새벽
나는 횡단보도에 혼자 서있고
신호등에 멈춰 있는 빨간불을
그저 보고 있다

휑한 거리에
빨간불은 쉽게 건너도 되는 신호였지만

나라도 아무도 없는 거리의
너의 고됨과 쓸쓸함을 알아줘야 할 것 같아
오래 서 있는다

내가 지나가고
너는 어둠 속에서 빨간 눈을 크게 껌뻑이며 더 오래 고독해진다

고독해질수록 더 고독해지는 것들은
쉽게 눈에 밟힌다.

지기 싫은 밤

끝내지 않은 무언가가 남은 듯
불을 환하게 켜고
TV에서 나오는 소리를 들으며
잠들 시간에 잠들지 않는다

TV의 채널을 돌려봐도
무얼 봐야겠다는 뚜렷한 명분은 없고
무심코 핸드폰을 열어봐도
날 위한 소식은 딱히 없다

하루를 제대로 살지 못해
이미 지나간 하루를 붙잡고 그저 멍하다

TV와 핸드폰을 켠 채로 내가 기다리는 건
위로일지 모르겠으나
잘못 보낸 날에 대한 섣부른 위로는 그냥 오지 않는다.

다 괜찮은 걸까

한 해의 끝자락에 먼저 올라가
나에게 웃으며 손을 내미는데
가슴 한켠이 시리다

춥다

이불을 머리끝까지 올린 채로
포근한 숙면에 몸을 맡기려 해도
차가운 언어가 머릿속에 맴돈다

이불을 걷어차고 몸을 일으킨다
어디로 가야 할지 알지 못한다

그냥 앞으로 걸어가기만 하면
다 괜찮은 걸까.

풍차

삶은 어디서 태어난 지 모르고
어디에 떨어질지 모르는 풍차에 매달려
그저 돈다

아침을 맛있게 먹은 날
애처롭게 밤을 보냈는데 따뜻한 위로를 머금은 날
오직 한 사람만을 위한 시를 읊었을 때
세상을 다 가진 듯 눈물을 흘려준 한 사람을 위한 시간은

다음날이라는 말과 함께
이전의 일이라는 추억을 만들고
다시 돈다

추억은 어디서 어떻게 떨어질지는 모르고
또 가장 맛있는 아침을 만들고
오늘도 행복한 척 행복을 만드는 삶을 산채

그저, 돌고 돈다.

갑자기 내리는 비

어쩐지 오지 말아야 할 날에
비가 오고

생각하지 않았던 우산도
선물처럼 받은 날

마음을 준 이에게
더는 마음이 없다는 연락을
받았습니다

비가 와서 젖은 어깨에도
기분이 좋아 내심 불안했는데

안 좋은 소식에 덜 아프라는
하늘의 배려였나 봅니다.

순간들

선선한 아침에 야외에서 커피를 마시며
깨어나는 시간을 바라보던 순간과

내가 먼저 웃어
마음을 열고 따라 웃어준 친구들과

아버지와 야구를 보다
환호성을 지르던 순간들은

오늘인 것 같은데 과거가
되어 스치듯 지나간다

삶이 아름다워 붙잡고 싶은 기억들이 많을수록
시간은 체하지도 않고 빠르게 지나간다.

이젠 과거

바쁘다는 이유로
시간이 없다는 핑계로
정작 소중한 사람의 이야기를 듣지 못했습니다

이렇게 과거가 되어 홀로 헤아리는 날이 많을 줄 알았다면
그때 더 많은 얘기를 들을 걸 그랬습니다.

서성이다

마주치지 않아야 할 상황과
가고 싶지 않은 길에 우두커니 서서
그저 서성이는 와중에
하루를 새는 일과
의미를 되새기는 일은
고스란히 아픔이 된다

내일도 서성일 텐데
아픔 주변에서도 아픔 안에서도
그저 서 있어야 할지

마음은 진작에 주저앉아
생기 없는 한숨 소리 땅에 묻힌다.

이름

마음이 힘들어
제 이름 적을 곳 있을까 하여
슬피 방황하는데

멀리서 제 이름 불러주니
또다시 그대였어요

달려가 와락 안고 무너지고 싶었어요
슬피 우는 제 이름 앞에
그대 늘 웃어주는 이름으로 불러주어
오늘도 살았어요

어른이 되면 그대 이름 덜 부를지 알았는데
자주 찾고 많이 부르고 싶은 이름이에요

어머니…

꿈

넓디넓은 세상에 꿈 하나 새기고
내 것이라고 얘기하는 게
이렇게 힘든 일인 줄 알았다면

어릴 적 친구들도 다 있는 걸
왜 나만 없냐며
그대에게 보채지 말걸 그랬어요

그대 갖지 못한 걸
왜 제게 주셨어요.

나중에 잘해줄게

'나중에 잘해줄게' 라는 말은
제법 익숙해져서
오늘도 그대에게 잘 해주지 못했습니다

오늘도 그대에게 잘 해주고 싶었는데
삶에 제 목소리 뻗치기가 아직은 힘에 겨운지
마음대로 사는 게 쉽지가 않습니다

오늘인지 나중인지 헤아리는 일은
제가 그대에게 건네는 야속한 선물입니다.

기다리다

하루를 기다린 당신이지만
오늘 하루도 지쳐버린 저이기에

그대를 지나쳐
무심코 방문을 닫습니다

제 하루는
그대가 기대하는 하루와 달랐습니다

그래서 하루를 공유할 그 어떤 단어도
입 밖으로 내보일 수 없었습니다

그대의 방과 제 방 사이
침묵만이 고요하게 방 밖을 맴돕니다

그대에게 차마 하지 못한 말들은
마음속에 움켜집니다

오늘 하루도
버티는 게 참 힘들었습니다.

정처 없이 걸었어요

오늘은 정처 없이 걸었어요

좋아하는 걸 하며 살고 싶은데
좋아하는 걸 하며 사는 건
많은 고통이 따른다는 걸 알았어요

그래서 걸었어요
걷다가 하늘에 보이는 반짝이는 별도 보며
잠깐 반짝이는 척했다가

둥근 보름달을 마주하며 한참을 멈춰
밝게 웃어보았어요

어머니, 저는 살고 싶으면 걸어요
정처 없는 방황일지라도 걸어야 숨이 쉬어져요

그렇게 걷다 가끔은 땅에 누워
나무 바람에 얹히는 냄새를 맡아요

그 냄새가 자유롭고 좋아요

어머니가 내쉬는 한숨의 깊음도
나무 바람에 얹혀 훨훨 날게 하고 싶어요

아직 그때가 오려면 더 기다려야 하는걸
제가 아는 게 참 싫어요

어머니…
저 오늘도 조금만 더 걷다 집에 갈게요.

당신은 어떠신지요

한결같던 저의 마음도
순간에 꺾일 수 있음을 안 뒤로
마음 쓰는 일이 쉽지가 않습니다

무엇 하나 쉽지 않은 세상이지만
제 마음 하나 '이렇다'라고 말하지 못하는 걸 보면

다가서는 일보다
뒷걸음질 치는 일이 더 편해서인지도 모르겠습니다

제 마음 하나 알아채는 일보다
누군가의 상처를 살피는 일이 잦아지는 요즘입니다

그런 요즘도
망설여지는 저의 모습도 고개를 끄덕이며 바라보려 합니다

어쩌면 이게
저의 모습인지도 모르겠습니다

당신은 어떠신지요.

사람과 사랑

사랑은 기적처럼 찾아오지만
매 순간이 늘 설레지는 않는다는 것과

사랑엔 이해와 노력이 필요하지만
정작 한 사람을 이해하기 위해서는
오랜 시간이 걸린다는 것과

사랑이 가까워 사람을 아는 줄 알았는데
그 사람의 힘든 단면을 내가 몰랐던 것과

사람이 익숙해 사랑에 익숙해지면
감사했던 것들이 당연해진다는 것과

사랑이 무거워 사람을 놓으려고 할 때쯤
이 사람을 목숨처럼 지탱하고 싶다는 것을
뒤늦게 알게 됩니다.

용맹이에게

시를 좋아하는 내가 시로 쓰기엔
못 해줬던 마음이 가슴에 걸려 편지를 보내

행여나 내 시가 누군가의 눈에 아름다워 보이면
너에게 더 미안할 것 같거든

하늘에서의 삶은 광활하고 뛰어놀기 좋지?

용맹아 있잖아. 삶을 살아보니 알겠더라
넓게 뚫린 세상 속에서도
내가 숨 쉴 공간 하나 찾기 참 힘든 세상이란 거

숨을 크게 내쉬어 일어서려 해도
금방 힘이 풀려
아무 모양으로 구겨져 놓아버리고 싶을 때가 있다는 거

우리가 매어준 짧은 줄은 너에게 얼마나 답답했을까

봄에 피는 꽃, 비 내린 후 젖은 흙냄새
너는 그곳에 코를 많이 비비고 몸을 섞고 싶었을 텐데

나를 향해 한없이 달려들었던 너에게
난 참 작은 공간을 주었다는 걸 시간이 지나 알았어

어렸다는 핑계로 돌이키기엔
참 많이 미안하고 아파
넌 어려서도 나에게 사랑을 주었잖아

이렇게 어른이 된 내가
아직도 미안하게 너의 사랑을 기억하는 것처럼

용맹아 훗날 우리가 다시 만나면
너에게 매어준 그 목줄부터 풀어줄게

네가 마음껏 뛰어놀고
향기에 취하고 지쳐 쓰러질 때까지 기다려줄게

어릴 적 학교에서 돌아오는 나를…
늘 기다렸던 너처럼.

시를 읽는다는 것은
당신의 마음을 들여다보는 일이기도 합니다.

'안녕'이라 말하고 돌아선 날
더 하고 싶은 이야기가 있었는데, 그날의 마침표를 찍은 날
마음으로만 진심을 건네던 날은
잊힌 줄 알았는데…

여전히 그리움으로 남아
당신 곁에 남았습니다.

그리고, 그 마음이 모여
한 편의 시가 되었습니다.

공허하지만, 따뜻해지고 싶은 날들에
당신과 나의 이야기 함께 모이니
아마 당신도 추억을 그냥 지나치지 못하는 시인인가 봅니다.

곧 다시 뵙겠습니다.